Première Édition de la Journée Mondiale de la
Poésie au Gabon
Concours National de Poésie et de Slam

VOYAGE ET EXIL

Poèmes primés en 2021

Éditions Ossiman

ISBN : 9782493248060
Dépôt légal : 2022
Éditions Ossiman, 43A rue de Turly, Bourges.
Email : **ossiman.services@gmail.com**

www.ossiman.fr

Coordination de la Publication

Honoré OVONO OBAME
Willy MADINDA MOUSSAVOU
Olivier EMVO EBANG

Dédicaces

À tous les écrivains gabonais,

À la Présidente de l'Union des Ecrivains Gabonais,
Pulchérie ABEME NKOGHE,

À tous les amoureux des lettres et à tous les
enseignants !

Remerciements

Au Conseil Municipal de Libreville et à tous ceux grâce à
qui cette passionnante aventure a pu voir le jour.

Sommaire

Préface

Un vrombissement qui troue le silence. Un écho qui emballe ses bagages. Une voix…une voix qui mange. Un vers qui écorne la lumière. Les arbres qui se désaltèrent. Un macaque qui accompagne son enfant à l'école pour la prochaine pêche. La table qui allaite. La terre qui crie pour que la lumière soit, et dans son étendue la plus large ! C'est le cheminement poétique ! C'est la voie poétique qui, à l'origine, est création. Création du monde et création des mondes !

En effet, étymologiquement, le mot « poésie », « poësis », pour les Grecs, signifie « création », du verbe *poiein* (« faire », « créer »). Ainsi, Platon n'hésite pas à la rattacher à l'enthousiasme, à la possession divine. Donc, tout est bien dans ce verbe particulier, ce verbe poétique, ce verbe créateur, ce verbe du commencement.

Et c'est pour magnifier cette voix, cette parole, ce regard, cette sensation, ce souffle, cet écho des entrailles, cette pulsion, cette soupape de respiration, qu'a eu lieu au Cours Secondaire AMBOURHOUET le 19 mars 2021, la célébration au Gabon de la **Première Edition de la Journée Mondiale de la Poésie**, émanation de l'UNESCO.

Décrétée par l'organisme spécialisé de l'ONU pour les questions d'éducation, de science et de culture, en 1999, à sa 30ème session à Paris, cette journée vise à rendre un hommage particulier à ce type d'expression unique, rendant compte de l'esprit créatif, pilier de la tradition orale, pour réaffirmer notre humanité commune. C'est la raison pour laquelle, cette célébration est l'occasion d'encourager la lecture, la rédaction, l'édition, la publication et l'enseignement de la poésie dans chaque État membre, afin que toutes les cultures des quatre continents s'expriment et se rencontrent avec leurs similitudes et leurs différences.

C'est justement parce que la poésie peut et doit être la passerelle qui véhicule les messages d'un monde à visage humanisant. C'est justement parce que le discours poétique peut être un passeur d'idées, en tant parole première, primitive et populaire. C'est justement parce que le souffle poétique peut contribuer à bâtir un monde meilleur.

C'est justement parce que le verbe poétique porte nos identités. C'est justement parce que la poésie peut aider à construire un monde sans frontières. C'est justement parce que tout est poétique et parce que tout est dans la poésie. C'est justement parce que le texte poétique est le plus connu et parce qu'il est celui qui s'expérimente à tout âge, qu'il importe de la célébrer, ce patrimoine immatériel de l'humanité à plusieurs cordes.

Ainsi, la **Ligue Professionnelle des Enseignants** (LPE), structure associative reconnue, à vocation pédagogique, scientifique et culturelle, regroupant des enseignants exerçant sur le territoire gabonais, du primaire au supérieur, et le **Cours Secondaire AMBOURHOUET**, établissement privé sous tutelle de l'Etat et appartenant au réseau UNESCO, ont-ils mis en place un Comité d'Organisation pour cet événement.

De nombreuses activités ont été au programme de la manifestation, comme des récitals poétiques, des slams, des communications et des témoignages de poètes confirmés. Instants solennels, instants de culture, instants de partage, la rencontre a tenu toutes ses promesses, au regard de l'engouement suscité par l'événement, malgré un contexte sanitaire difficile.

Puis, il y a eu un **Concours National de Poésie et de Slam,** lancé deux mois plus tôt sur toute l'étendue du territoire national. Effectivement, des textes venus de toutes les provinces du pays ont été mis en compétition. Félicitons au passage ces nombreux candidats de l'intérieur du pays, pour leur sensibilité poétique !

Certains textes ont été primés, à côté d'autres, dont le parfum poétique est avéré. Aussi, dans cette publication, avons-nous retenu les textes primés et d'autres, mettant en valeur le verbe poétique et ciblant la thématique retenue. Des choix parfois difficiles au regard de la beauté de nombreux vers ! Signalons que les textes des poètes confirmés, lauréats ou non, n'ont pas été retenus, car ayant déjà été publiés ; leur republication exige certaines procédures à engager avec leurs éditeurs, selon la réglementation en matière de publication.

Un ouvrage d'une telle envergure ne peut se réaliser sans soutiens. C'est l'occasion de remercier tous ceux qui, de près ou de loin, à quelque niveau que ce soit, visibles ou invisibles, tous les anonymes, ayant été sensibles à cet événement, inscrivant la valorisation de la culture dans leurs préoccupations majeures.

Remercions pour cela le **Conseil Municipal de Libreville, notre Sponsor Officiel**, pour son implication significative dans la réalisation de la rencontre, faisant de Libreville **« La Ville de la Poésie ».** Nous remercions aussi les autres partenaires : la Mairie du 4ème Arrondissement de Libreville, la Mairie d'Owendo, le Bureau Régional de la Francophonie pour l'Afrique Centrale et l'Océan Indien (BRAC-OIF), le Cabinet d'Expertise Comptable CAUDEXCO, SINALCO, BAMBI, MANDEL, FRUTAS, Les Chocolats de Julie et Géant Casino.

Nous n'oublions pas les quinze organes de presse nous ayant accompagné dans cette passionnante aventure, avant, pendant et après : Gabon 1ère, Gabon 24, TV+, Téléafrica, Nour TV, L'Union, Radio Gabon, Radio Mapane FM, Gabon Media Time, Reflets Gabon, True News Africa, Gabon d'abord, Tsang'actu, Ethique Media et La Fuite de l'Info.

Nous adressons également des vifs remerciements à l'endroit des poètes et écrivains confirmés, bien limités numériquement en raison de la situation sanitaire, ayant pris part à la manifestation :

-       Pulchérie ABEME NKOGHE (Présidente de l'Union des Ecrivains Gabonais) ;

- Eric-Joel BEKALE (Président Honoraire de l'UDEG) ;
- Hamidou OKABA ;
- Lydie Stéphanie MAMIAKA ;
- Antier ONDO NTOUGHOU ;
- Viviane MAGNAGNA NGUEMA ;
- Louis-Elvis ENGOZOGHO ;
- Arnold NGUIMBI.

Des remerciements spéciaux au Président du Jury du Concours National de Poésie et de Slam, le Dr Arnold NGUIMBI, de l'Ecole Normale Supérieure de Libreville et à sa Vice-Présidente, le Dr Marthe OYANE METOGHO, de l'Université Omar Bongo, et aux enseignants Jean Gabin ONDO et Dorine BOUSSAGHA, pour leurs brillantes communications.

Adressons de chaleureux remerciements à la veuve Valentine AMBOURHOUET et au Proviseur Willy MADINDA MOUSSAVOU, passionnés de pédagogie et de culture, pour s'être personnellement impliqués dans la manifestation, Diboty ! Akewa ! Akiba ! Milolo ! Dja Ognaga ! Aborah !

Remercions aussi une icône de la littérature, de la littérature gabonaise, le Général-poète Pierre ODOUNGA PEPE, un des Lauréats du Concours, un des pionniers de la poésie gabonaise, le premier à avoir fait retentir l'écho de l'écriture en milieu « Corps Habillés » gabonais ! Un grand symbole.

Remercions enfin ces brillants enseignants, qui donnent vie aux textes, en passant le plus clair de leur temps à les scruter et à les dépecer : Jean-Léonard NGUEMA ONDO, Mexcent ZUE ELIBIYO, Jessica MEZUI M'ONDO, Kelly Aude Jennifer VOUMA, Apollinaire WEWE, Florentin GOMA, Pola MAGNAGA ép MVE, Paul-Armand NTOGHE, Doriane Kesha AVOMO ALLOGHO, Bertin MBADINGA SIMA, Paterne OYE EYOGHE et Jean Pierre Patrick EDZANG ABAGA.

Que la voix poétique retentisse dans le silence !

Libreville, le 14 avril 2021

Le Président du Comité d'Organisation – Poète et romancier

Honoré OVONO OBAME

L'exil

Chère mère patrie, j'ai dû partir,
J'ai dû m'exiler pour étudier ;
J'aurais bien voulu rester,
Pour assurer ici mon avenir

Mais l'absence criarde de commodités
Dans les universités m'a dépité,
Elle a semé en moi une grande phobie,
Elle a semé le doute chez tous ceux qui y
séjournent.

Toi qui jadis formas nos ainés, nos pères et
mères,
Tu laisses taire tes lettres de noblesse,
Tu fais une compilation éclatante de tes
faiblesses :
Désormais, il ne nous reste de toi que des
souvenirs chers.

Plus d'amphithéâtre savamment équipé,
Plus de bibliothèque suffisamment ravitaillée,
Plus de campus tissant des relations entre
étudiants,

Plus de restaurant aidant à continuer la course
vers le savoir.

La magie brillante des yeux du jeune bachelier
A totalement fui vers des âges blessant les
cœurs,
Cette flamme bouillonnant dans les cœurs
s'est émoussée.
De ma patrie, un flot menant vers la mer, la
fuite des cerveaux.
Oh, chère patrie, rapatrie tes exilés
En étranglant le voyage !

Sidney DIVOUGUISSA MOUNDADY
(étudiant)

Pandrona

ASIE

Pandrona !
Arrivée de Wuhan pour une destination inconnue,
Sans compassion et sans retenue.
Inlassablement, tu parcours terres et mers,
Enlevant au passage des âmes ordinaires.

EUROPE

Pandrona !
Ennemie subtile de l'humanité,
Ubuesque créature malfamée,
Regarde par-delà les océans
Où ton voyage nous a menés.
Par-delà les continents,
En hiver comme en été,
Tu nous tiens, obligé, en confinement.

Pandrona !
Artéfact aux multiples conjectures
Fort de ton armature microscopique,
Reproductible à souhait dans nos corps uniques
Il faut en plus, telle une dictature
Que tu nous contraignes à un exil intérieur
Ultravirus de malheur !
En chœur nous chanterons ton trépas

AMERIQUE   O Pan -dro-na !

Que d'Ames arrachées !

Que de Ménages brisés !

Que d'Economies coulées !

Que de Rires effacés !

Que d'Interprétations avancées !

Que de Questions posées !

Que d'Unions fragilisées !

Que d'Ecoles fermées !

Pan-dro-na !

Antier ONDO NTOUGHOU (enseignant)

Exil ou voyage ?

Exil ou voyage,
Austère mensonge, méprise sans doute,
Exil ou voyage,
Ainsi, ma destinée, la voici, ma route.

La vérité ravage les cœurs,
Peine de l'âme
Pour me chasser, moi, leur terreur,
Ils passent de la douceur à l'arme.

Le vrai est en exil
Et les cœurs en joie.
La vérité est en voyage,
Le mensonge, le faux est roi.

Puisse le monde encore être vrai ?
Monde, crois-tu au mensonge d'être le meilleur ?
Ah ! j'en appelle au Maitre Souverain,
Seul, Lui, te sortira de ce malheur.

Mais pour l'heure, moi, vérité,
Je parcours et fuis par monts et vallées,
Toute crainte évacuée,
Pour que je sois moi.

Frédérick NOIRE (élève)

Abandon

Le regard attristé, je m'en vais,
Essayant de ne pas me retourner.
Je ne peux plus demeurer là,
De peur de trop m'attacher à cet univers.
Je regarde au loin en pensant
À toutes ces choses qui parfois me guident,
À tout ce que je souhaite explorer,
Mais je ne cesse de penser à mes instants passés ;
Pour cela, mon cœur saigne en y pensant.
Donc, je dois partir pour avancer ?

Véronique Sarah ADIAHENOT (élève)

Voyage de la vie

La vie est comme un voyage,
Tu avances au fil des âges,
Tout commence par l'enfance,
Lorsqu'on est dans l'insouciance.

Dieu veille depuis la naissance,
Et il montre Sa Puissance,
Puis, on est dans la jeunesse,
Parfois on la traverse dans la tristesse.

Et on a quelques fois marre des obstacles,
Lorsqu'on devient responsable,
En fondant une famille respectable
Et en élevant ses enfants dans une ambiance enviable.

Enfin arrive le vieil âge,
On regarde le train du feuillage
Où se lit notre vie avant le voyage
Qui clôture notre itinéraire sage.

Desny ENGUIER NDONG (élève)

Voyage noir

Quitter un pays que l'on aime ressemble à un beau
poème ;
Chaque mot exprime son émotion.
Chaque phrase est habitée par l'affection.

Dans l'allée des fleurs à la marche sans peur,
Vers les plus belles heures de la vie,
J'ai vécu dans cet été sous la chaleur.

Pourtant, les orages, entonnant le froid de l'hiver,
Ont tué les rayons lumineux du soleil,
Pour asseoir dans notre vie des heures noires.

André Rémi BOUKA BOUKOUAMA

Solitude

Quand je vois la souffrance briller,
Je pense à l'Est de la RDC,
Où Ebola et autres sèment la terreur.
Quand devant moi je vois la violence,
Une douleur forte m'envahit.

Alors, il faut partir, partir,
Pour aller se réfugier ailleurs,
Dans un espace de paix,
Où la langue ne sera pas une barrière,
Où la terre sera une terre humaine,
Où les larmes n'habiteront plus mon visage,
Où les traces d'Ebola s'effaceront de ma mémoire,
Où les peuples seront les peuples du monde,

Pour que renaisse en moi le sourire,
Pour que les plaies de mon cœur se cicatrisent,
Pour que cessent mes larmes intérieures.

Ange Kétsia MAKULU ESITO (élève)

Exil douloureux

Oh ! Douleur !
En ta compagnie, je ne sens point de gaieté,
Je suis envoûté par la douleur où j'ai trouvé refuge ?
Ce voyage au pays de la douleur ne cesse de hanter
mon esprit.
Mon exil est ma douleur.
Un interminable voyage mêlé de mélancholie,
Les larmes charment mes heures,
Et mon regard déplacé.
Oh ! douleur !
Laisse-moi savourer cette vie sans prix,
Donne-moi la liberté de jouir de la vie.
Douleur, il est temps que je te quitte
Pour respirer la joie.
Adieu, patriarche du chagrin !

BOUSSOUGHOU PEGHA (enseignante)

Délices de l'exil

Finies les persécutions assombrissant mon âme

Ensevelies sont les angoisses qui torturent mes jours

Mes secondes, mes minutes, mes heures, mes jours

Sont dorénavant ensoleillés et coiffés de rose

Au parfum doux, apaisant, bienfaisant

Finies les persécutions assombrissant mon âme

innocente

Et porte largement ouverte vers la liberté

Liberté de penser, d'agir, de parler

Liberté de respirer, de s'asseoir, de manger

Liberté de sourire, de rire, de ricaner

Liberté de se réunir, de se concentrer

Liberté de planifier, de diffuser, de digérer

Des projets viables et fiables pour sa terre natale,

Abandonnée par contrainte et dépit,

Abandonnée par le rejet de la hargne,

De la haine des rois de la jungle indignes

Et sevrés de patriotisme assombrissant mon âme

innocente

Et place aux délices de l'exil enviable,

Place aux repas copieux arrosé de champagne,

Place aux spectacles envoutants,

Place aux compagnies humanisantes,

Place au plaisir de se sentir libre

Alexia ATOME KOUMBA (élève)

Aventure intérieure

Des courants ascendants représentent des tourments,
En moi enfouis,
Des champs divers obnubilent ma vision,
Que je souhaite éclairer ;
Des terreurs nocturnes, mes uniques compagnons,
M'empêchent d'aller à la découverte de mon être ;
De rudes combats hantent mon parcours,
Pour ralentir ma détermination ;
L'épée de Damoclès talonne mes jours,
Vers l'unique motivation qu'est l'harmonie.
Malgré mes peines et mes désillusions,
Une voie triomphale à mes rêves s'ouvre,
S'affiche grande,
Pour éclairer ma récompense.

Josué Ruiz Jaurès OVONO (élève)

Le train de mes pensées

A l'aube, au réveil,
Me revient la pensée de mon village,
Passant et repassant par les mille portes de mon âme.
Je sens mon être transir et se déchirer,
Et la plaie béante en moi se rouvrir
Comme une source qu'on aurait voulu étouffer.
Mes yeux brillant le jour de ma naissance,
Mes yeux envoyant à ma mère un sourire angélique,
Mes yeux admirant la beauté de la nature tutélaire
De ce lieu qui vit en moi,
Et dont les sons font vibrer mon cœur,
Des larmes remplissent mon cœur.
Mes pensées voyagent vers ma mère,
Etre d'une beauté d'âme à nulle autre pareille,
Qui me tint ces mots, avant de traverser la scène :

« On ne lit pas l'histoire à rebours,

Ne reviens plus jamais,

Va, va, va, pour un horizon lointain

Ne reviens plus jamais.

Car ta beauté et ton amour n'ont pas de saveur en ces lieux. »

Ces paroles énigmatiques en moi s'ancrèrent,
Et je voulus en savoir davantage,
Sans que le temps m'ouvre ses bras.
Je pleurai, je pleurai, je pleurai et je pleurai,

Surtout lorsque le son du temps dans sa marche fatale,
 Sonna l'apocalypse.
Je voulus voir ou était sa dernière demeure, sans
succès,
Je voulus refaire l'histoire, sans succès.
Je compris que mon bonheur venait de voyager avec
elle.

Félicia MBINA MBINA (élève)

Mon voyage

Le temps d'un envol,

J'aimerais quitter ce sol,

Pour découvrir d'autres contrées.

À jamais m'envoler,

Pour, ne plus revenir

Pour jouir de la joie d'autres vies.

Oh ! Exil, amour de ma vie !

Prends moi tout entier !

Mon vœu n'est vil,

Car je veux découvrir la terre,

Ces belles vallées

Tant contées,

Partir pour ne plus revenir,

Partir avec enthousiasme.

Hélas, mon cœur n'habite que le voyage !

Et je perds le bonheur de doux espaces,

Des doux paysages offerts à mes yeux assoiffés.

Je dois partir en brisant toutes les chaines.

Aminata FALL (élève)

Mon pays

Je voyagerai sans doute
Avec un petit doute
Et je ferai un grand parcours
Dans mon pays que j'aime tant

Je prendrai surement le train
Au bout de cette année scolaire,
Je visiterai toutes les provinces,
Et je découvrirai toutes leurs merveilles

Puis je prendrai le bateau,
En me balançant sur les eaux,
Je saluerai la nature, par celle de Bordeaux,
Mais bien celle du Camp Boireau

Ensuite, j'emprunterai une voiture
Pour m'abreuver de belles vues,
En m'arrêtant à Belle Vue
Pour admirer ses belles vues

Après j'emprunterai les ailes de l'avion,
Je ne resterai pas au Gabon,
Je ne peux manquer de rien,
Car ici il y a tout ce que j'aime

Être fier de son pays,
C'est un sentiment enivrant,
Car s'en séparer est bouleversant.

Jeanne-Marie Lucia MOUEMBE LENDOYE
(élève)

Mon asile

Nos pays sont devenus des asiles
Et on se dit pourquoi pas l'exil
Toutes ces frustrations et cette rage
Deviennent l'essence du voyage

Si ailleurs il y a encore de l'espoir,
On aimerait le toucher pour y croire
Et si les vagues nous emportent au large,
On revient serein, en reprenant le voyage

La tête sur les épaules, rien n'est acquis
L'exil nous invite mais il faut se battre dans la vie,
C'est le seul chemin pour être heureux,
Et qui fait des envieux

Expatrié, immigré, réfugié, exilé,
Ce qui blesse a la couleur du préjugé,
Car la vie elle-même est un beau voyage,
Qui laisse découvrir à chaque saison une nouvelle
page

Djessie Imelda MOUKENDOU THOUDJOKA
(élève)

Exil discret

Au fond de moi chaque soir
Dans l'épaisseur du noir
Je me vois exilée
Dans un monde imaginé

A travers mes pensées,
Je revois mon passé
Ce que j'aurais pu être,
Tout en vivant mes rêves

Je vis en exil
Je vis mon secret
Je refais ma vie
Sans aucun regret

Exilée dans un monde de bonheur
Là où la mal n'a pas de place,
Je vois ma vie en couleur,
Désormais sans aucune peur.

Gabrielle Gérémia Mathilda PEKE NDOMBA
(élève)

Aventure

Je voudrais faire le tour du monde,
Afin de mieux le connaitre ;
Je voudrais entamer un périple,
Afin de me confronter aux courants puissants
De ces vastes mers ;
Je voudrais partir à la conquête des étoiles,
Afin de me détacher du monde primitif,
L'aventure qui m'appelle,
Elle ne me fait pas peur,
C'est mon pays,
Je l'habite,
Car les sensations fortes me rendent extatiques.

Georges Erlan BIRANGOU (élève)

Mon beau voyage

J'étais en voyage pour mon beau village,
J'ai parcouru la route de mon village,
Envoûté par un beau paysage,
Voir ma famille.
J'ai découvert mon beau village,
Avec ses belles histoires,
Où pullulent des commérages.
Ma grand-mère, dans sa sagesse millénaire,
Raconte toutes ces misères
Autour d'un feu inspirant son ouvrage,
Distribuant par instants une purée de mais,
Afin que se passe convenablement la fusion.
Voyagez ! voyagez !
Découvrez les délices de votre beau village
Aux merveilles sans voix et sans visages !
Mon beau village, je dirais toujours tes merveilles,
Car tu ne me manqueras plus jamais :
Toi et moi, jusqu'à la gare !

Anne-Gloria EBANE ATHOMO (élève)

Voyage romantique

Je fais un long voyage pour te voir,
Triste mais heureux,
Car je serai près de toi,
Je te serrerai dans mes bras,
Sentir ton parfum enivrant,
Et parcourir ton visage de fée.
Je fais ce voyage,
Pour faire revivre mes sentiments,
Pour ne penser qu'à toi.
Je fais ce voyage,
Comptant les heures, les minutes et les secondes,
Juste pour te revoir.
Je fais ce voyage,
Prêt à parcourir la terre entière,
Partant d'un point à un autre,
Juste pour toi.
Je fais ce voyage,
Pour ma bien-aimée.

Dieuveille DIKIHOU MOUNGUENGUI (élève)

Immense voyage

Un voyage de grande taille,
D'une ville à l'autre,
Pour découvrir un univers
Où la vie chante.
Immense voyage,
Quelles merveilles déverses-tu sur ma route ?
Quelles tendances étales-tu sous mes yeux ?
Tu me nourris de tes plaisirs,
Tu m'enivres par tes délices.
Tu m'envoûtes par ton visage :
Voyager est un sentiment sans mot.

Sylvanie MAMBOUNDOU (élève)

Voyage capricieux

Sous un ciel ténébreux, l'envol hypothèque est lancé,
Entre ma terre natale et un univers inconnu,
Pour deux heures d'angoisse et de sensations
sombres.
A l'atterrissage, accueilli par un violent orage,
Dictant sa loi dans une saison propice,
Rendant malheureux les voyageurs et l'équipage,
Je n'eus que mes yeux pour voir mon ami.
Un triste et douloureux exil sonna son heure.
Qu'allait devenir ma vie de probable prisonnier du
destin ?
Mon ami était mon unique réconfort,
Dans ce voyage aux sensations sombres.
Des troubles en moi prirent place,
Pour assombrir davantage mes instants.
Ma vie apparut comme un amas d'épines,
Piquant, torturant et déconcertant.
De jour comme de nuit,
Rythmait cette cadence d'une vie en décadence.
Humiliée dans ma chair,
Mon âme fut violée par cette jungle sans visage.
La cadence d'une vie d'exilé dévoila
L'image d'un citoyen sans patrie.

Glenn Kenny OKOUMA MOMBEY (élève)

Le Grand Voyage

Quand les roues de la vie mortelle arriveront
Et que je devrais traverser le Jourdain de la mort,
Qu'il ne soit jamais mentionné mes erreurs.

Je ne demande qu'une chose :
Être accueillie par une constellation d'anges,
Au-delà des rideaux du temps.
Je contemplerais toutes les dimensions,
Cachées et inconnues des mortels,
Cachées et inconnues des hommes.

Je découvrirais sept dimensions.
Et la cinquième, incarnant l'Enfer, serait une escale,
Afin de voir les âmes perdues.
Mais la sixième et la septième me feraient plus
plaisir.

Ô, quel magnifique voyage !
Au sein de la tribu d'Abraham, je verrais tous mes
frères,
Tous les Saints, chantant avec passion les merveilles
de notre dynamique.

Quand je serais à la septième dimension,
S'achèvera mon voyage, face au Seigneur,

Avec vingt-quatre vieillards à ses côtés,
Lui, en magnifique robe blanche.

Ô quel voyage !
A pays sans âge, au pays sans charge !
Tous, nous attendons notre Grand Voyage.

Idyma Sarah-Joseph BOUPENA (élève)

Voyage rêvé

J'aimerais faire un voyage,
J'aimerais faire un voyage sans bagages,
Découvrir les civilisations
Me promener sans visa,
Découvrir de nouveaux paysages,
De nouvelles mers, de nouveaux coquillages.
Voyage, mon ami,
Tu es une source d'enrichissement inégalée,
Tu es un véritable antidote contre le vieillissement.
Tu es la voie royale qui restaure l'équilibre,
Et tu cristallises mon intérêt.

Prisque Hysnaya Jamella AKUE MAPOUELA
(élève)

Mon premier voyage

En moi monte le stress
Quand arrive l'idée de quitter mon village,
De quitter ma famille, mes amis…mon village.
Dans la caisse en fer, je me sens vide,
Dépaysé comme un oiseau sans arbres.
Je n'ai personne à qui parler,
Ma famille, mes amis et mon village me manquent.
Comment vais-je faire sans eux ?
J'aimerais être à leurs côtés,
Car ils sont tout pour moi.
A l'aéroport d'accueil, un monde sans identité est présent,
Malgré tout, mon voyage s'est bien passé.

Blessing Princesse MWEPU SHIMBI (élève)

Mon exil

Attaché à un monde semblable de peur,
D'aventures ou même de solitude extrême,
Range nos esprits dans un lieu très comprimé,
loin des souvenirs qui forgent le mental de la société,
Par la réaction de nos illusions.
Exil ! toi qui renfermes les cœurs
Et qui relèves parfois de la haine au sein des maisons
de correction,

Faut-il être condamné par ses émotions pour
percevoir la vie
Comme une réalité imprenable ?
Seul, enfermé dans un monde profond,
Où l'âme voyage à travers ses désirs ardents,
A travers des pensées imaginaires,
Où s'ouvre un corps dans une aventure engagée
Vers l'extinction des rêves lumineux,
D'un enfant, d'un père, ou même d'une mère.
Cette mère qui rêvait de traverser tout ce beau et
admirable monde
Par le retour à la réalité.
Elle observa juste l'exil par la crainte du voyage de
son âme.

Oni Mauraine MENZAME MOUNGOULOU
(étudiante)

La Fugitive

Assise, je m'emporte vers l'ailleurs, vers les univers
infinis.
Je choisis de loger là, dans l'imaginaire,
Pour fuir une existence de misère.
Au départ, j'ignorais que la tête était aussi un
hémisphère.

On me parle, m'interpelle,
C'est à peine si je suis,
Mon âme se détache de Moi,
Je deviens comme un œuf vidé de sa substance vitale.

Trainée par-ci, trainée par-là, j'aspire à la providence.
Plus personne n'est de connivence avec Moi,
Je passe de la réalité à l'imaginaire,
Je m'éloigne de tout ce qui est nuit.

L'impolitesse des enfants non reconnaissants,
Ma vie de célibat, un peu déplaisante avec ses
amertumes,
Les charges domestiques épuisantes et interminables,
L'éducation de la progéniture peu soucieuse du
lendemain.

Tout m'accable des nobles jouissances,
Je ne vis plus et ne suis plus qu'une ombre,
Une ombre avec un cerveau dénudé,
Une ombre dans une enveloppe déchue.

Absente ou présente, je ne sais qui je suis vraiment ;
Mais je sais tout de même que je me détache du
monde vivant.
Peu à peu, je me téléporte dans un espace vide et
insensible.
Rien n'y vit, mais je vis puisque j'y suis avec un air
fébrile.

Mon Moi me rappelle qui je suis et où je suis.
Je suis un esprit qui erre dans un espace méconnu des
mortels.
Ainsi, je deviens un immortel qui a foulé l'au-delà,
Je vire à gauche, c'est un vide total autour de moi.

Je vire à droite, le même constat : tout est muet.
Je crie, mais personne ne me répond.
Je parle, à qui vais-je m'adresser ? N'est-ce pas un
rêve ?
Je réfléchis à tout et à n'importe quoi.

Me voici dans ma jeunesse,

Je revois ma demeure d'enfance, je ressens la chaleur
des parents et amis disparus,
Je cours d'un cœur joyeux dans les rues et je fais du
vélo.
Oh ! Que cette époque était belle et magnifique !
C'était ça l'existence !

Je suis sur mes patins en visitant tous les coins de ma
cité.
Comme l'enfance reste le meilleur moment des
insouciances
Que le glorieux passé lointain me manque assez !
Je désire le faire vivre à l'instant.
Le passé est révolu, le présent est là mais déplaisant.
Ainsi, le futur, ce temps inconnu, sera mon avenue
pour un bonheur inconnu

La fuite vers l'irréel semble être ma résolution.
Mais où aller ? Mais où se rendre ?
-   Tiens, je sais, dit mon moi. Restons ici dans
    cet infini, loin des peines existentielles.
-   Est-ce une solution pour oublier mon présent ?
-   Oui, il te suffit de renoncer à tout : tes enfants,
    ton travail, tes parents…
-   Mais rien ne vit ici.
-   Toi et moi vivons déjà ici, donc tout être peut
    vivre ici.

J'hésite à sortir de ma capsule pour y vivre,
Certes la vie est belle en dépit de ses maux.
La vie, c'est le mal et le bonheur,
La vie, c'est le rire et les pleurs,
La vraie vie, c'est la vie et la mort.

Mais l'ailleurs demeure l'idéal ; mon asile.
Je décide finalement d'y vivre en toute quiétude,
En toute vérité je ne suis pas seule dans ce voyage :
Mon illustre âme, amie fidèle, me tient compagnie.

Landry NZEMAKAKA (étudiant)

Exil

J'ai touché du doigt pour y croire,
Le monde est beau, il faut le voir,
Contempler Paris de Eiffel,
Aux USA, les œuvres de Barthold émerveillent.

A l'Est, il faut être de taille,
Pour l'excursion à la Grande Muraille.
Mais rien n'égale la chaleur du terroir,
Car récemment ces prodiges ne sont pas phares.

Le sens du monde a vacillé
Quand cette pandémie a commencé.
Il a fallu s'emmurer, espérer,
J'ai peut-être compris…ton heure est arrivée.

La joie de partager des moments avec les miens,
Le bonheur de me lever chaque matin,
Depuis un temps, je ne les ai plus

Ignorais-tu qu'en nous distinguant,
Qu'en obligeant le masque,
Et qu'en exilant les proches et les places publiques
Tu détruisais peu à peu ces sentiments ?
Qu'une main chaude, au bonjour

Traduisant la paix et l'amour,
Mais dès ton apparition dans nos cours,
A transmis la mort jusqu'à ce jour.

Béni soit le soleil de ton déclin,
Où, libérés de tes lois nous serons enfin,
Pour célébrer aux quatre coins du globe la vie et la
liberté,
Que ton règne a déjà trop longtemps emprisonnées.

Emmanuel-Lord-Gift MOUNGUENGUI

Pour un cadavre

Pourquoi tant de risques pour un voyage sans retour ?
Pourquoi tant de soucis pour un voyage sans retour ?
Pourquoi tant de fortunes pour un voyage sans
recours?
Pourquoi tant d'importance pour un voyage qui n'est
qu'un tour ?

Mon voyage sur terre vient de s'achever
Je n'ai rien été qu'un produit inachevé
A cause de la loi adamique du péché
Qui condamne mes os à me lâcher au bord des projets

Alors que l'heure de l'exil a sonné
Pour m'envoler le monde insoupçonné
Où m'attend la cabane du repos des âmes enlevées
Des voix couvertes de sac clament mon exhumation à
la ronde

Or des années entières portent leur indifférence
A l'égard de ma nature-indigence
Qui ne présentait que quelques doléances primaires
Pour soulager mon destin amer

Pour mon voyage, des fortunes sont déversées
Cercueil-blanc-vitré et café-à-liqueur pour la veillée

Tee-shirt-polo à mon image maquillée et caveau-à-carreaux-blancs-cassés
Costume-bleu-nuit-fortuné et cortège de véhicules blindés

Des risques que j'ai voulus de mon vivant
Des soucis que j'ai souhaités mon pas faisant
Des fortunes que j'ai désirées avant mon voyage pour l'exil
Des larmes que j'ai voulu toucher mes yeux voyant

Pourquoi tant de risques pour un voyage sans retour ?
Pourquoi tant de soucis pour un voyage sans retour ?
Pourquoi tant de fortunes pour un voyage sans recours ?
Pourquoi tant d'importance pour un voyage qui n'est qu'un tour ?

Exthasis EYANG NDONG (étudiante)

Voyage !

Noir ce que je vis,
Noir ce que je dis,

Noir ce que je vois,
Noir ce que je bois,

Je ne sais plus où j'en suis,
Je n'arrive plus à gérer ma vie,
Perdu, je suis perdu,
Je navigue à vue.

Ok, c'est bon, j'en ai marre !
Je ne veux plus me noyer dans cette marre,
Vivre dans un monde où la lune est grise,
A tel point qu'on ne peut se défaire de cette emprise.

Je me souviens d'un conseil
Qui disait de découvrir des merveilles

Alors, je prends mes clés
Et je roule vers un soleil diminué comme un peintre

A la recherche de mon être,
Telle une vache, où paitre…

Je connaitrai ainsi ma vie comme un peintre
Et j'en redeviendrai le maitre, et a la fin de cette
épreuve
Qui me rendra peau neuve

Sur ce qu'elle est un choix terrible
Soit un voyage, soit un exil.

Jean-David EMANE NGUEMA (élève)

Un exilé démuni

J'ai nuitamment tourné le dos à mon pays natal
Sans le moindre grain de mes richesses,
Sans le moindre habit de ma vaste armoire,
Sans le moindre parent de mon immense famille.
Démuni, je le suis au plus profond de mon âme,
De mon corps endolori, meurtri par la misère.
Démuni, je ne l'ai jamais été autant qu'aujourd'hui.
Démuni, jusqu'à quand le serais-je dans cet enfer ?
Enfer ou nuit et jour chantent le même refrain.
Enfer dont le décor est insensible au sujet plaintif.
Enfer qui vous regarde et semble se moquer de vous.
Le corbeau pouvait-il défier le renard ?
Il aurait été dévoré par ce fauve sans cœur.
Ma fuite porte donc un menu fruit : ma liberté !
Liberté au moins de souffler,
De grapiller quelques va-et-vient,
De se pavaner, de savourer un spectacle gratuit,
De mijoter des plans contre ses bourreaux.
Liberté chimérique ou liberté digne ?
Liberté d'individu contraint de mendier,
Liberté de citoyen en quête de survie,
Liberté volée, liberté étouffée, liberté confisquée.

Clarisse-Mireille NTSAME-ALLOGO (élève)

L'exil de Maroundou

Poème à plusieurs voix, mi épique, mi romantique, mi dramatique, inscrivant dans les vers la parturition ayant donné naissance au poète.

Mon cœur scrute encore le parcours.
Radieuse. Heureuse.

J'essaie de me souvenir du trajet, des jardins, des océans explorés. Je me mords la lèvre inférieure puis le bout de ma langue humide. Centaure, le cheval Blanc ailé, vient de me déposer à l'Est de Vénus.

Les plumes du cheval, en chœur, ouvrent le ciel. Mes yeux comme des cristaux étincelants, se délectent du voyage. Pour la première fois, ma poitrine se gonfle. La peur du souvenir des voyages précédents. Ils étaient stériles, arides et ensanglantés.

Le guide, de ses mains rugueuses et avares était laid et égoïste. Je marchais sur la braise, le corps rougi, les yeux hagards sans jamais atteindre le plus petit des virages.

Je renvoyais la détresse, la souffrance mais aussi les simulations qui motivent le guide émoustillé.

Mon exil sur Vénus ! Pour avoir découvert ma nature…

Le Prince, cet inculte des palais ténébreux, du sol de ses ancêtres m'expulsa.

Le mage seul me comprend. Son doux regard, la finesse de son verbe, la magie de ses mains…
C'est un dieu sur terre au service de la femme. Des moments de folie qui caressent la confidence au mépris du silence. Des moments de folie où le désir nous prend de tout partager.

Mon Cheval Blanc ailé, moi seule voyage à bord.

Bonheur. Délire. Extase. Vertige. Voilà mes compagnons de voyage. Mille virages délicieux dans la chambre inconsciente frontalière au subconscient.
Mon exil sur Vénus ! Pour avoir découvert ma nature…
Le Prince, cet inculte des palais ténébreux, du sol de ses ancêtres m'expulsa.

Il railla ma nature… Ma source lui déplût. Je ne pus digérer son indélicatesse.
Il versa dans la cour les restes de mon averse.

Le poète, ce dieu au service des femmes, s'abreuve très souvent des sucs de mes entrailles. Avec lui, je fis le voyage pour Vénus où je bâtirai une pyramide.

Finis ces tronçons rigides où règnent le fer et le feu.

Viens ! Planète aux mille vents discrets ! Sur ton lit doré, saupoudré de cristaux, reçois ma soucoupe, moitié femme, moitié cheval.

Sois notre terre d'accueil. Sois notre brise. Sois la vague, la planche à voile. Sois la destination des heureux.

Déjà, je me perds dans tes voies célestes. Elles m'apprennent une pratique méconnue jusqu'alors : le tourbillon autour de la chute. Mon œil louche sous le poids des caresses du vent. Le vertige me prend. La vitesse du Centaure sans doute.

Du sommet de la montagne, l'eau de la chute coule d'une voix monocorde comme le rythme d'un arc qui célèbre la résurrection.

Dans le temple, point de tam-tam. Seul le son aigu de la corde qui impulse mon voyage.

Venus ! Planète aux mille vents discrets ! Sur ton lit doré, saupoudré de cristaux, reçois ma soucoupe, moitié femme, moitié cheval.

Laisse-moi voguer. Accueille mon délire sur ton sol d'Aphrodite.

Laisse-moi dessiner sur ton sol cette femme mythique. Laisse-moi dessiner **Maroundou,** la déesse de l'amour. Laisse-moi sculpter mon image. Et tes vents, Orfèvre vénusien, donneront forme à l'œuvre imparfaite. Je ne suis pas l'Orfèvre. Je suis le rythme, le son, l'eau qui coule du sommet de la montagne. Je suis la vie exilée sur ton sol.

Je ne peux vivre sur la terre. Des roches volcaniques, des indexes tendus, des plumes grossières attristent la vie.

Point de soleil éternel là-bas.

Des montagnes de feu. Des huées, des moqueries, Vénus, j'en mourais si tu me renvoies là-bas. Instabilité et vitesse sont le manteau lugubre de cette femme Bleue.

Là-bas, Rien ne dure. Tout coule. Tout file entre les doigts... Je sais qu'il va me quitter. Je sais que d'autres pétales aux pistils dorés sont à explorer là-bas. C'est leur quotidien : la rupture, la distance, l'égo.

Vénus ! Planète aux mille vents discrets ! Sur ton lit doré, saupoudré de cristaux, reçois ma soucoupe, moitié femme, moitié cheval.

Je suis le ciel humide. Je suis le ciel des saisons pluvieuses. Je suis la chute des fleuves légendaires. Je suis, vois-tu, sur terre, je ne l'aurais jamais dit. Je suis le cortex qui mouille mon corps de la tête jusqu'aux pieds. Je suis l'eau qui jaillit de la cuvette. Je suis celle qui t'apporte la vie.

Vois-tu, Vénus, le prochain…

Ils sont nombreux, les incultes qui crachent sur la poésie. Le sens du sacré, de l'ineffable et de la subtilité leur échappe.

On me prendrait pour une comique. Sur les toits, entre les flammes, toutes les oreilles seraient nourries de ma miction.

Je ne veux pas me cacher. Je ne veux pas vivre l'humiliation. Ce que j'ai découvert que je suis, je veux l'assumer. Sur ton lit doré, saupoudré de cristaux, l'humidité de ma couche sera un chef d'œuvre chez toi car le poète toujours sera l'amant des déesses.

Je ne peux retourner là-bas. Le poète, sur ses ailes, m'a transportée sur le sol de l'amour. Il a ouvert les écluses de mes reins. Il m'a fait visiter l'espace, son palais de prédilection.

Je ne peux retourner là-bas, sur cet espace indifférent où l'indigeste est une vertu.

Un souvenir, celui de ma nouvelle naissance, ce jour, je l'emporte dans mes bagages. Le 12 décembre, date de l'abondante averse.

Une découverte aux accents mythiques !

Un après-midi, alors que nous étions partis dessoucher l'herbe devenue trop gênante pour les plantes, on s'aperçut que les souches étaient humides. On crut d'abord à la grêle habituelle des aubes matinales. Mais cette hypothèse peu probable fut vite évacuée car il avait chaud toute la journée. Les gouttelettes autour de la tige de chaque herbe n'avaient rien des restes d'ammoniaque.

On se contenta ce jour-là, juste de libérer les plantes de l'ivraie. Mais nous fumes interpellés par ce phénomène inédit. Le poète fit de cette découverte une affaire personnelle. Il avait hâte de retourner aux champs fouiller pour savoir l'origine de cette eau inodore qui mouillait la nappe champêtre.

Une semaine plus tard, il revint sur les lieux. L'herbe avait séché. Il se mit à marcher le long du champ pour découvrir le lit de la source. Il palpait chaque élément de la flore. Il s'approchait même de leur parfum pour s'enivrer. Celles qui étaient comestibles lui servaient de repas. Soudain, il aperçut une liane entrelacée au tronc d'un minuscule arbre. Cet arbre trônait au milieu du champ comme une sentinelle qui monte la garde. Il observait la liane et l'arbuste. A force de contourner le petit arbre, il vit, enfoui dans le tronc, une cuvette servant de réservoir. Il massait la liane de son extrémité d'une douceur frénétique. Comme un robinet ouvert, la surface du champ s'en trouva inondée. C'était donc ça la source. Le champ était mystérieusement doté d'un système d'irrigation naturelle. Découverte inédite qui nous plongea dans la plénitude !

Depuis cet instant, c'est le déluge. Une averse si abondante qui éclaire mon âme. La passion pour la poésie m'enveloppe. Le poète seul me comprend. Il est mon époux. Il est celui qui me transporte dans les confins de l'espace et me donne un sol d'accueil.

Luc-Lié MOUNGUENGUI NYONDO
(enseignant)

<u>**Les auteur(e)s**</u>

Sidney DIVOUGUISSA MOUNDADY
Antier ONDO NTOUGHOU
Frédérick NOIRE
Véronique Sarah ADIAHENOT
Desny ENGUIER NDONG
André Rémi BOUKA BOUKOUAMA
Ange Kétsia MAKULU ESITO
BOUSSOUGHOU PEGHA
Alexia ATOME KOUMBA
Josué Ruiz Jaurès OVONO
Félicia MBINA MBINA
Aminata FALL
Jeanne-Marie Lucia MOUEMBE LENDOYE
Djessie Imelda MOUKENDOU THOUDJOKA
Gabrielle Gérémia Mathilda PEKE NDOMBA
Georges Erlan BIRANGOU
Anne-Gloria EBANE ATHOMO
Dieuveille DIKIHOU MOUNGUENGUI
Sylvanie MAMBOUNDOU
Glenn Kenny OKOUMA MOMBEY
Idyma Sarah-Joseph BOUPENA
Prisque Hysnaya Jamella AKUE MAPOUELA

Blessing Princesse MWEPU SHIMBI
Oni Mauraine MENZAME MOUNGOULOU
Landry NZEMAKAKA
Emmanuel-Lord-Gift MOUNGUENGUI
Exthasis EYANG NDONG
Jean-David EMANE NGUEMA
Clarisse-Mireille NTSAME-ALLOGO
Luc-Lié MOUNGUENGUI

www.ingramcontent.com/pod-product-compliance
Lightning Source LLC
LaVergne TN
LVHW050619200726
843508LV00010B/1920